KB099140

웃음의 힘

지혜사랑 포켓북 003

웃음의 힘

반칠환

지혜

시인의 말

새로운 밀레니엄이 시작될 때 시의 위기를 수군거렸다. 인터넷과 새로운 영상매체가 부상하고 있었다. 시는 죽어도 시적인 것은 사라지지 않는다고 생각했다. 속도의 시대에 속도를 따라잡으며 속도에 제동을 걸 수 있는 시를 쓰고자 했다. 10행 미만의 짧은 시를 쓰면서 '어이쿠 시'라 명명했다. 일본에 하이쿠가 있다면 한국에 반칠환의 어이쿠가 짧은 시의 한 계보를 이루게 하고 싶었다. 많은 호응이 있었다. 「새해 첫기적」은 해마다 인터넷과 SNS로 소통되고 있으며, 「노랑제비꽃」은 중학교 교과서에 실리기도 했다. 난해시의 가두리 그물을 찢고 쉬운 시어를 풀어놓으니 어른은 물론 아이들까지 텀벙거리며 온다. 군산 옥산초등학교 어린이들이 이 시집을 교재로 시 창작을 배우고, '새해 첫 설사' 같은 시를 써서 저자에게 헌정한 것은 시인으로서 놀랍고 행복한 순간이었다. 생명력 있는 시는 회유성 어류와 같다.

스스로 독자의 가슴 대해로 갔다가 모천의 시인에게 돌아온다. 2005년에 풀어놓은 시어들이 18년 동안 헤엄치다가 2023년 종이책의 산란터에 도달하니 웃음이 나고 힘이 솟는다.

2023년 2월 반칠환

차례

2부

3부

- 일러두기

　페이지의 첫줄이 연과 연 사이의 띄어쓰기 줄에 해당할 경우 > 로 표시
　합니다.

1부

새해 첫 기적

황새는 날아서

말은 뛰어서

거북이는 걸어서

달팽이는 기어서

굼벵이는 굴렀는데

한날 한시 새해 첫날에 도착했다

바위는 앉은 채로 도착해 있었다

노랑제비꽃

노랑제비꽃 하나가 피기 위해
숲이 통째로 필요하다
우주가 통째로 필요하다
지구는 통째로 노랑제비꽃 화분이다

웃음의 힘

넝쿨장미가 담을 넘고 있다
현행범이다
활짝 웃는다
아무도 잡을 생각 않고 따라 웃는다
왜 꽃의 월담은 죄가 아닌가?

봄

저 요리사의 솜씨 좀 보게
누가 저걸 냉동 재룐 줄 알겠나
푸릇푸릇한 저 싹도
울긋불긋한 저 꽃도
꽝꽝 언 냉장고에서 꺼낸 것이라네
아른아른 김조차 나지 않는가

수평선

멸치 한 마리 솟구쳤을 뿐인데
일순 수평선은 수평을 놓친다

수평선은 언제나 수평이 없는 채로 수평이다

딱따구리

곡괭일 쓰니 블루칼라 같지만
머리를 쓰니 화이트칼라두 된다우

딱, 딱, 딱—

곡괭이질 하나로 너끈히
장가도 가고
알도 품을 수 있다우

호도과자

쭈글쭈글 탱글탱글
한 손에 두 개가 다 잡히네?
수줍은 새댁이 양볼에 불을 지핀다
호도과자는 정말 호도를 빼닮았다

호도나무 가로수 하ㅑ 칠십 년 기찻길
칙칙폭폭, 덜렁덜렁
호도과자 먹다 보면 먼길도 가까웁다

생명
― 그 아름다운 천형

두꺼비가 물안경 껌벅이며 빗방울을 세고 있다
옛날 저 놈 할애비가 세는 것도 보았다
자자손손― 셈은 흐려도
나는 저 두꺼비들이
영원히 빗방울을 세었으면 좋겠다
추워 소름 돋으면 연잎 우산도 좀 쓰고

그 많던 두꺼비들아

때 1

무릎이 구부러지는 건
세상의 아름다운 걸 보았을 때
굽히며 경배하라는 것이고,
세상의 올곧지 못함을 보았을 때
솟구쳐 일어나라는 뜻이다

때를 가리지 못함이 무릇 몇 번이던가

문 열사

크게 신문에 날 일은 아니로되
산천초목도 벌벌 떨던 독재자로 하여금
제 뺨을 세 번 되우 치게 하고 죽었으니
아는 사람들은 그 의로운 혈血을 기려
문蚊 열사烈士라 부른다

wing— wing—
그는 작지만 좌, 우의 날개를 지녔다고 전한다

공범

'사람이 꽃보다 아름다워~'
사람이 노래하자
제초제가 씨익 웃는다

밤을 치며

쯔쯧, 수신제가修身齊家라 했거늘 요 밤벌거지는

아늑한 제 집을 똥으로 채우고야

하늘로 날아오른단다

때 2

어떤 건달 하나
일출봉에 올라 월출을 보고
월출봉에 올라 일출을 보더니
'세속의 명명命名 믿을 거 하나 없다'
장히 탄식하더라
제 낮밤 바뀐 줄도 모르고

뻐꾸기의 서원

지빠귀를 밀어 내지 않는다

만족

쇠백로 새끼는 작아도 다리가 길고
오리 새끼는 작아도 다리가 짧다
두 아비는 참 만족한다

이기주의

'나는 너, 너는 나
우리는 한 몸이란다'
설법을 듣고 난 동승이 말했다
'알았어요. 하지만 내가 스님일 때보다
스님이 나일 때가 많았으면 좋겠어요'

신과 인간

신이 말했다
'나는 천하를 내놓았으나 아무도 가져가지 않는구나'

인간이 말했다
'나는 우주를 훔쳤으나 숨겨 놓을 곳간이 따로 없구나'

갈치조림을 먹으며

얼마나 아팠을까?

이 뾰족한 가시가 모두 살 속에 박혀 있었다니

멸치에 대한 예의

큰 생선은 머리 떼고, 비늘 떼고, 내장 발라내고, 지느러미 떼면서 멸치를 통째로 먹는 건 모독이다 어찌 체구가 작다고 염을 생략하랴 멸치에 대한 예의를 갖추자

어떤 기도

제단에 돼지머리를 바치며 빈다

아무도 아무를 해치지 않는 세상 되게 하옵소서

경력으로 안 되는 일

남산 산책로, 오래된 나무들이 자꾸만 제 이름을 까먹는지 사람들이 이름표를 달아 주고 있었다

당년 여섯 살, 걷기 경력 5년차인 손주 뒤를 걷기 경력 70년차인 할아버지가 숨가쁘게 두둠두둠 뒤따르고 있다

2부

박꽃

가슴 속에 시인과 도둑이 함께 살아

담을 넘다가도

달빛 시나 짓고 온다

탈탈 털어봐야

이슬 장물 몇 점

갈대

저마다 갈대인 갈대들이
수런수런
어깨를 기대거나
잎새를 스친다
서로가 서로를 베어도
오히려 따뜻하다고
서걱서걱

발각

달의 목덜미에

젖은 달맞이 꽃잎 붙은 날

무인도

오직 사람 하나 없어
무, 인, 도

경전도 사원도 없으니
죄도 없다고

끼루룩 끼루룩

아무도 신을 경배 않으나
신의 뜻이 가장 잘 보존되어 있다고

풋주검

아깐 풋살구가 후드득 밤새 떨어졌다

허이야, 허이야

먼 외딴집 너머 열여섯 먹은 풋상여 나간다 빗길로

먼나무

흰 눈 속 붉은 눈, 먼나무
어떤 금단의 풍경을 훔쳤길래
천, 수, 천, 안
저토록 붉게 뜨고도 먼나무

나, 이토록 가까워도 그대, 먼나무

냇물이 얼지 않는 이유

겨울 양재천에 왜가리 한 마리
긴 외다리 담그고 서 있다

냇물이 다 얼면 왜가리 다리도
겨우내 갈대처럼 붙잡힐 것이다

어서 떠나라고 냇물이
말미를 주는 것이다

왜가리는 냇물이 다 얼지 말라고
밤새 외다리 담그고 서 있는 것이다

두근거려 보니 알겠다

봄이 꽃나무를 열어젖힌 게 아니라
두근거리는 가슴이 봄을 열어젖혔구나

봄바람 불고 또 불어도
삭정이 가슴에서 꽃을 꺼낼 수 없는 건
두근거림이 없기 때문

두근거려 보니 알겠다

춘수 春瘦

기와지붕을 밟는 봄비의 발자욱 소리

보일 듯 말 듯

서까래 휜다

결석

흙 속에,
얼음 속에,
바람 속에,
살아 있던 것들 모두 다 꼼지락거린다만

가으내 약숫물 뜨러 다니던 그 할머니,
봄날이 저물도록 보이지 않는구나

야심

불개미 한 마리가 덥석 내 발가락을 깨문다
온 힘을 다해 나를 잡아당긴다
여름 장마 오기 전에
나를 끌고 개미굴로 가려고……

감꽃

장독대 위에
감꽃이 지네

투욱—

이승에서 저승으로
장맛이 익는 사이

사는 이유

꽃조차 안 피우면 무엇하리
모두 떠나고
혼자 남은 이 비탈에

어느 가을날
낯선 바람 찾아와
문득 데려갈 이 어깨

낭떠러지 바위 틈에
꽃조차 안 피우면 무엇하리

하루살이

촉대 앞에 점점이 스러진
한 무리의 소신공양

내 몸에 병 없기를
팔순 동물들이 간절히
백팔 번 조아릴 제

저들이 바친 건
하루뿐인 가난한 생애였다 한다

기적 1

여름 장마가 휩쓸고 갔어도
계곡에 버들치 한 마리 떠내려 보내지 못했구나

기적 2

맥없이 손톱에 긁히는 하얀 햇무 정강이가 자갈밭에
생채기 하나 없이 들어앉아 있었다니

기적 3

강풍에 먹구름 쓸려 가는데
못도 안 친 달이 하늘에 박혀 있다

낮달

울 어매 얇게 빗썰어 놓은

무 한 장

비밀

몰래 사과 한 알에
'핼리 혜성'이라고 써 놓았다
올 가을, 지구는 저 혜성과 충돌할 것이다

'쿵' 하기 전에
까치들이 핼리 혜성을 다 파먹었다
어휴! 지구는 영문도 모른 채 안전하다

위로

진흙 저수지에 고인 물이 명경처럼 맑다

누가 휘저으면 금세 한 치 앞이 노랗지만
'괜찮아, 괜찮아'

저 흰구름의 고향도 한때 뻘밭이었다지 않은가

부러지지 않는다

갈대 대궁에 붉은뺨멧새가 빗겨 앉았다
마른 갈대는 한껏 휘어지지만 결코 부러지지 않는다
붉은뺨멧새가 제 무게를 알고 있기도 하지만
갈대는 붉은뺨멧새의 믿음을 알기 때문에
부러지지 않는다
붉은뺨멧새처럼 작은 새가 있다는 건 참 축복이다
모든 새가 꿩만 하다면 누가 갈대 탄 꿩을 보겠는가

가을

조는 온 힘을 다해 좁쌀로 들어간다
벼는 온 힘을 다해 볍씨로 들어간다
참깨는 온 힘을 다해 깨알로 들어간다

나는 온 힘을 다해 어디로 들어가나

사랑

서리 내린 밤
맨발로
빈 논 건너는 생쥐

시리지 않다

팔자

나비는 날개가 젤루 무겁고
공룡은 다리가 젤루 무겁고
시인은 펜이 젤루 무겁고
건달은 빈 등이 젤루 무겁다

경이롭잖은가
저마다 가장 무거운 걸
젤루 잘 휘두르니

시치미

저 해맑은 거짓말 좀 보게나

치악산 능선마다
새똥, 곰똥, 달팽이 오줌
다 씻어 내린 계곡물이
맑다

윤회

나, 백만 번이나 죽었지만
왜 이리 죽음이 낯설으냐

3부

섬

멀리서 떠나온 이여,
어디에도 섬은 없다

파도에 떠밀릴수록
섬들은 저마다 발 밑으로
대륙과 내통한다

섬은 네 안에 있다

호수의 손금

얼음호수가 쩌엉 쩡 금간

손바닥을 펴 보이자

수십 마리 오리들이 와글와글

엉터리 수상을 본다

걱정 말우

봄부터는 운수 풀리겠수

쩌억 쩍 얼음에 달라붙는

제 물갈퀴 발금의 시린 소망이겠지

폐정 廢井

마른 우물에 마른 샘물만 그득하다
없는 소금쟁이와 없는 미꾸리가 헤엄치니
빈 집 사는 없는 아낙들이
없는 동이 이고 나와 없는 샘물을 긷는다
시멘트 젖무덤에 마른 이끼 희검고
마을 사람들의 젖병이던 타래박이 뒹군다
달님도 제 얼굴 비추던 손거울 하나 잃었다

젓국 가게

굴젓,
갈치젓,
명란젓,
오징어젓
비린내 가득한 그 옆에 쭈그려
상한 내 마음 한 종지
헐값에 팔고 싶네

두엄, 화엄

모든 꽃은 제 가슴을 찢고 나와 핀다
꽃에서 한 발 더 나아가면 절벽이다

온산에 참꽃 핀다
여리디여린 두엄잎이 참 달다

출렁, 저 황홀한 꽃 쿠린내

모든 존재가 아름다운 건
꽃잎의 날보다 두엄의 날들이 더 많기 때문이라고

원시와 근시

어린애는 주먹에 쥔 빵 한 조각을 보고
노인은 제가 온 먼 곳을 본다

목숨

그럴 분이 아닌데

손가락도 열 개
발가락도 열 개
이빨은 젖니 한 벌
영구치 한 벌

참 꼼꼼하신 분인데

가장 소중한 목숨이
하나뿐이라니

달, 팽이

달팽이 뿔은 팽이채다

깊은 밤 두 뿔로 달을 후려치는 달팽이

얼얼얼 저 순하디 순한 물렁한

달팽이한테 얻어맞고

달 돌아간다 月月月

때로 턱이 빠져 반 도막

달이 돌아간다 달달달

달과 팽이는

아무런 관련이 없다 우겨도 달팽이는

달, 팽이

금니사경

하늘 벼루가 쓸만하니
그믐밤 먹 검게 갈아라
별 총총 은하수 분
닷 말쯤 뿌려넣고
지구 연적을 통째 붓거라
우주를 베껴
티끌에 새기리로다

새 1

새들의 조상은 공룡이었다 한다
쿵쿵쿵 무게가 깃털이 될 때까지
얼마나 큰 고행이었을까

키위는 날개를 버린 새라 한다
얼마나 자유가 무거웠으면
다시 날개를 지웠을까

새 2

새들에게 가장 충격인 것은

날아오를 하늘이 없는 것보다
내려앉을 대지를 발견 못 했을 때라고

병원 24시

아가야 아픈, 아가야
오만 가지 병을 다 고친 저 돌은 아프지 않대
쾅쾅 쇠메로 두드려도 울지 않는대

아가야 아픈, 내 아가야
아프면 살리라

삶

벙어리의 웅변처럼
장님의 무지개처럼
귀머거리의 천둥처럼

여일如日

"그려, 이 두메산골엔 그 날이 그 날,
아무런 일도 일어나지 않는다네."

찰싹!
산 모기 한 마리를 정강이에 문대며 그이가 말했다

달맞이꽃도 어제처럼, 마당가에 화안하다

폭포

저 아까운 투신!

두어라

자꾸만 죽어야 산다

일찍 늙고 보니

어머니는 마흔넷에 나를 떼려고
간장을 먹고 장꽝에서 뛰어내렸다 한다
홀가분하여라
태어나자마자 여생餘生이다

폭풍우 지난 뒤

누가 꽃밖에 피울 줄 모르는 저 대궁을
누가 잎밖에 흔들 줄 모르는 저 가지를
누가 날개짓밖에 모르는 저 나비를

누가 젖는 것밖에 모르는 저 우체통을
누가 뒤집히는 것밖에 모르는 저 우산을
누가 눈물밖에 쓸 줄 모르는 저 시인을

젖은 잎에 달라붙은 마당을 떼어 내며
거짓말처럼 맑게 갠 하늘을 바라본다

아픔이 이처럼 고요하고 상쾌한 것이었나

부재중 전화

집을 비운 사이 전화가 왔다
재발신 번호를 누르자

'지금 거신 전화는 없는 번호입니다'

세상에, 없는 곳으로부터 전화가 왔다
세상에 없는 곳으로 오라는 뜻일까

해일

폭풍만이 아니라
물고기들이 울어서 넘치는 것이다
발목이 젖는 게 두려운 사람들아
제 눈물에 저를 담그고 헤엄치는 물고기를 보라

지진만이 아니라
바다가 울어서 넘치는 것이다
세상의 눈물 콧물 다 훔쳐주던 억척어멈도
한 번쯤 제 슬픔에 겨워 넘치는 것이다

뭇 생명들이 처음 태어난 곳도 저 눈물 속이었다

언제나 지는 내기

소나무는 바늘쌈지를 한 섬이나 지고 섰지만
해진 구름수건 한 장을 다 깁지 못하고
참나무는 도토리구슬을 한 가마 쥐고 있지만
다람쥐와 홀짝내기에 언제나 진다

눈 어둔 솔새가 귀 없는 솔잎 바늘에
명주실 다 꿰도록
셈 흐린 참나무가 영악한 다람쥐한테
도토리 한 줌 되찾도록
결 봄 여름 없이 달이 뜬다

겨울 비둘기

꾹꾸구 꾹 꾹꾸구—
내 머리 위에 앉은 비둘기야
나는 아직 안 죽었는데
호곡號哭소리가 이르다

그래도, 고맙구나

화산과 좁쌀

참새 가슴을 쥐어보았니?

요 한 줌 신사

가슴엔 화산을 품고 있어도

생활은 좁쌀 한 톨로 만족한다고

적멸보궁 가는 길

적멸보궁의 처마에 산새들
떼지어 앉아 수다를 떤다
적멸의 주인은 빙그레 웃을 뿐—
기와 틈새에 피어오른 망초야
적멸에도 거처가 필요하구나
산새들아 적멸에도 주소가 있구나
봄꽃은 적멸로 가는 편지,
단풍은 적멸이 보낸 답장,
어머니—

반칠환의 시 읽기

번뜩이는 직관과 익살

권 기 태 소설가

시인 반칠환 씨는 매주 울림이 큰 새로운 시를 골라 거기에 맛깔스러운 감상을 곁들여 《동아일보》에 싣고 있다. 바로 '이 아침에 만나는 시'다. 남의 시를 골라 주는 데 힘쓰던 그가 최근 두 번째 시집 『웃음의 힘』을 시와시학사에서 펴냈다.

이 시집을 보면 그는 무거운 것들에 염증을 내고 있음을 알 수 있다. 거룩하고 신성한 것, 그러면서 둔중하고 어두운 것은 그가 새로 펴낸 시집의 색깔과 맞지 않다. 그는 유머러스하게 자기 인생을 파악하고 있다.

"어머니는 마흔넷에 나를 떼려고/ 간장을 먹고 장꽝에서 뛰어내렸다 한다/ 홀가분하여라/ 태어나자마자 餘生이다" (「일찍 늙고 보니」)

이렇게 해서 반씨가 겪은 인생이란 아이러니의 연속

이다. 그는 「삶」이란 시에서 이렇게 썼다. "벙어리의 웅변처럼/ 장님의 무지개처럼/ 귀머거리의 천둥처럼"

반씨는 감꽃을 바라보다가 삶이 잠깐이라고 생각하기도 했다. "장독대 위에/ 감꽃이 지네// 투욱—// 이승에서 저승으로/ 장맛이 익는 사이"(「감꽃」)

반씨는 "시란 무료한 일상에서 기지개를 켜다가 은하수 천정의 별들과 부딪힌 흔적들이다. 우수수 내게 전율을 주었던 그 찰나적 감전의 기억들이다"라고 말했다. 70편에 달하는 그의 새 시들 가운데는 달팽이나 박꽃, 딱따구리, 갈대처럼 그가 한 번 슬쩍 마주친 '작은 자연'들을 노래한 시들이 있다. 번뜩이는 직관과 익살이 담겨 있어 프랑스 작가 쥘 르나르의 감칠맛 나는 『박물지博物誌』를 연상시킨다. 그는 갈치조림을 먹으면서는 이렇게 생각했다. "얼마나 아팠을까?/ 이 뾰족한 가시가 모두 살 속에 박혀 있었다니"(「갈치조림을 먹으며」)

아마 그가 기차를 타고 가다가 썼을 「호도과자」라는 시는 참 익살맞다. "쭈글쭈글 탱글탱글/ 한 손에 두 개가 다 잡히네?/ 수줍은 새댁이 양 볼에 불을 지핀다/ 호

도과자는 정말 호도를 빼닮았다// 호도나무 가로수 下
칠십 년 기찻길/ 칙칙폭폭, 덜렁덜렁/ 호도과자 먹다 보
면 먼 길도 가까웁다"

이번 시집에 실린 시들의 특징은 짧다는 것. 주로 3~
5행의 시들이다. 고질병 같은 나쁜 버릇들을 고치겠다
고 호언하는 사람들을 빗댄 시「뻐꾸기의 서원」은 단 1
행이다. "지빠귀를 밀어 내지 않는다"가 전문이다.

반씨는 "말은 다함이 있어도 뜻은 무궁한(言有盡而意
無窮) 시세계를 추구하고 싶다. 화려한 수사를 다 쳐냈
다. 독자들과 간명하게 소통하려고 했다"고 말했다. 시
를 대하는 이러한 정신은 모순 많은 세태를 촌철살인의
시어들로 꼬집을 때 분명하게 드러난다.

"제단에 돼지머리를 바치며 빈다/ 아무도 아무를 해
치지 않는 세상 되게 하옵소서"(「어떤 기도」)

"사람이 꽃보다 아름다워~/ 사람이 노래하자/ 제초
제가 씨익 웃는다" (「공범」)

그러나 어떤 경우에라도 반씨의 시에는 유머가 있고, 긍정의 힘이 있다. 그는 "꽃잎 하나를 지렛대로 일상의 무게를 번쩍 들어 올리는 것, 그게 시이며 예술의 감동이다"고 말했다. 타이틀 작품인 「웃음의 힘」을 보면 그가 잡아 내고자 하는 아름다움을 알 것 같다.

"넝쿨장미가 담을 넘고 있다/ 현행범이다/ 활짝 웃는다/ 아무도 잡을 생각 않고 따라 웃는다/ 왜 꽃의 월담은 죄가 아닌가?"

—《동아일보》, 2005. 10. 06

일상서 길어올린 '깨달음의 미소'

이 순 녀 언론인

"넝쿨장미가 담을 넘고 있다/ 현행범이다/ 활짝 웃는다/ 아무도 잡을 생각 않고 따라 웃는다/ 왜 꽃의 월담은 죄가 아닌가?"(「웃음의 힘」)

"가슴 속에 시인과 도둑이 함께 살아/ 담을 넘다가도/ 달빛 시나 짓고 온다/ 탈탈 털어봐야/ 이슬 장물 몇 점"(「박꽃」)

짧다. 쉽다. 그런데 여운은 길다. 입가에 빙그레 미소도 절로 떠오른다. 반칠환의 시집 『웃음의 힘』이 보여주는 '시의 힘'이다. 1992년 동아일보 신춘문예로 등단한 시인은 『뜰채로 죽은 별을 건지는 사랑』 이후 내놓은 두 번째 시집에서 극도로 시적 수사를 절제한 간명한 시 70편을 선보인다. '속도의 시대에 현대인에게 가장 적합한 장르가 시'라는 평소 지론이 짧은 시구들 속에 고스란히 담겼다. 시인의 눈에 「낮달」은 "울 어매 얇게 빗

썰어 놓은/ 무 한 장"이고, 「발각」은 "달의 목덜미에/ 젖
은 달맞이 꽃잎 붙은 날"로 보인다. 단 2행으로 사물의
핵심을 간파한 통찰력이 놀랍다. 일상을 느긋이 응시하
는 자만이 얻을 수 있는 깨달음이다.

　삶을 지속시키는 무기로서 웃음의 유희성과 가벼움
을 역설한 시들도 눈에 띈다. "사람이 꽃보다 아름다
워~/ 사람이 노래하자/ 제초제가 씨익 웃는다"(「공범」)
거나 "큰 생선은 머리 떼고, 비늘 떼고, 내장 발라내고,
지느러미 떼면서 멸치를 통째로 먹는 건 모독이다 어찌
체구가 작다고 염을 생략하랴 멸치에 대한 예의를 갖추
자"(「멸치에 대한 예의」) 등은 전염병처럼 웃음을 전파
한다. 바쁜 현대인들이 눈치채지 못하는 일상의 변화에
서 우주의 기운을 읽어 내는 시들은 가만 가만 가슴을
쓸어내리게 한다.

　"봄이 꽃나무를 열어젖힌 게 아니라/ 두근거리는 가
슴이 봄을 열어젖혔구나// 봄바람 불고 또 불어도/ 삭
정이 가슴에서 꽃을 꺼낼 수 없는 건/ 두근거림이 없기
때문// 두근거려보니 알겠다"(「두근거려보니 알겠다」)

―《서울신문》, 2005. 10. 07

마음 흥그러워지는 해학과 여유

김 재 홍 문학평론가, 경희대학교 교수

쭈글쭈글 탱글탱글

한 손에 두 개가 다 잡히네?

수줍은 새댁이 양 볼에 불을 지핀다

호도과자는 정말 호도를 빼닮았다

호도나무 가로수 下 칠십 년 기찻길

칙칙폭폭, 덜렁덜렁

호도과자 먹다 보면 먼 길도 가까웁다

—「호도과자」 전문

우리 시는 전통적으로 유가적 세계관으로 인해서 내용편중주의 또는 엄숙주의에 지배돼 온 감이 없지 않지요. 충·효·열과 같이 무거운 주제중심주의나 도덕·윤리적인 편향성이 강했다는 말씀입니다. 더구나 일제강점기 죽임의 시대에 적대논리가 확대되고, 분단시대 어려운 찢김의 시대를 살아오면서 투쟁논리가 심화돼 온 것도 그러한 현상을 부채질해 온 것이 사실일 겁니다.

그래선지 가끔 이런 재미있는 시를 만나면 왠지 모르게 피식 웃음이 나고 긴장이 풀려 마음이 흥그러워지곤 합니다.

이 시의 핵심은 호도과자와 남성의 성기를 비유적으로 연결한데서 착상이 신선한 느낌을 줍니다. "쭈글쭈글 탱글탱글/ 한 손에 두 개가 다 잡히네?/ 수줍은 새댁이 양볼에 불을 지핀다/ 호도과자는 정말 호도를 빼닮았다/ 호도나무 가로수 下 칠십 년 기찻길/ 칙칙폭폭, 덜렁덜렁/ 호도과자 먹다보면 먼 길도 가까웁다"라는 구절들을 통해 性을 해학적으로 암유하면서 인생살이를 포괄해 냄으로써 시 읽는 재미를 불러일으키는 것입니다. 칙칙폭폭처럼 기차 달리는 소리와 덜렁덜렁이라는 남성 성기가 출렁이는 모습의 대비를 통해 삶의 고단함을 해학과 여유로써 싱그럽게 표현해 낸 까닭입니다.

—『현대시 100년 한국명시감상 3』

존재 자체가 기적

엄 원 태 시인, 대구가톨릭대학교 교수

황새는 날아서

말은 뛰어서

거북이는 걸어서

달팽이는 기어서

굼벵이는 굴렀는데

한날 한시 새해 첫날에 도착했다

바위는 앉은 채로 도착해 있었다
—「새해 첫 기적」 전문

　시간은 누구에게나 공평하게 흐르듯, 새해 첫날의 해는 여느 때처럼 차별 없이 만물을 골고루 비춰 주었습니다. 하지만 새해 역시 그냥 공짜로 와 준 건 결코 아니군요. 새해 첫날에 그것도 한날 한시에 다 같이 도착하기 위해, 황새는 날고 날아서, 말은 뛰고 뛰어서, 거북이는 걷고 또 걸어서, 달팽이는 기고 기어서, 굼벵이는 구르고 또 굴러서, 제각기 나름대로 힘들고 어렵게 여기까지 온 것입니다. 어쨌거나 마지막 바위의 참여가 단연 압권입니다. 그래서 시인은 바위에게 한 연을 따로 뚝 떼어 주었습니다. 고통과 외로움에 웅크린 존재들도 이렇듯 뜨겁게 삶에 복무하고 참여하고 있다는 엄연한 진실이 자못 의연합니다. 존재 자체가 기적입니다.

— 《매일신문》, '엄원태의 시와 함께', 2010. 01. 07

동심으로 본 최초의 비유

이 규 리 시인

> 저 요리사의 솜씨 좀 보게
>
> 누가 저걸 냉동 재론 줄 알겠나
>
> 푸릇푸릇한 저 싹도
>
> 울긋불긋한 저 꽃도
>
> 꽝꽝 언 냉장고에서 꺼낸 것이라네
>
> 아른아른 김조차 나지 않는가
>
> ―「봄」 전문

정말이지 이 시인의 요리 솜씨 좀 보시게. 어떻게 이 짧은 시 안에 감쪽같이 봄 들판을 옮겨다 놓으시는지. 동심의 눈으로 본 듯 최초의 비유인 듯 선명하고 날카로운 관찰이 일품인 이 요리를 같이 좀 드시게.

겨울이라는 거대한 냉장고에서 막 꺼내 아지랑이처럼 김이 어리는 이 신선한 시의 맛을 보면 갖은 양념 버무리고 조미료 친 기교들이 얼마나 무색해지는지.

대지가 꿈틀, 지난 한 주 대기 속의 생명체들은 숨죽인 채 햇살을 받아먹느라, 젖줄을 빨아대느라 진종일 엄숙하고 부산했다. 내가 다가가도 알지 못했다. 그 몰입은 3천 600볼트의 전류처럼 강렬하고도 진지했다.

'봄'이라는 말 속에 깃든 위안, '봄'이라는 말 속에 스민 그리움, '봄'이라는 말 속에 피는 용서, 모두 저 봄의 능력인 것을. 봄에는 거지와 부자가 따로 없고 충만과 결핍이 따로 없다. 모두가 꽃인 것을, 어여쁨인 것을.

시인의 또 다른 시 「물결」의 한 대목처럼 지금 이 들판에선 우물쭈물할 틈이 없다. 왜냐하면 '내 눈의 들보와 남의 눈의 티끌마저 모두 꽃'피고 있으므로. 꽃 피워야 하므로.

— 《매일신문》, '이규리의 시와 함께', 2011. 03. 28

신화가 불어넣은 상상력의 힘

홍 은 택 시인, 대진대 교수

Look at the skill of that chef.

Who would think those are frozen ingredients?

Those green sprouts

Those flowers ablaze with color

Are also taken out of the fast-frozen refrigerator.

Isn't even the steam given off with a shimmer?

— 「Spring」 : 「봄」의 영작시

그리스 인들은 사계절의 변화를 흥미로운 신화를 통해 해명해 냈다. 그 신화의 중심에는 '봄의 처녀' 페르세포네가 자리한다. 곡물의 여신 데메테르의 외동딸인 그녀는 지하세계의 신 하데스에게 납치되어 지하세계로 끌려간다. 딸을 잃은 데메테르는 식음을 전폐하고 슬픔과 탄식에 잠긴다. 자연, 즉 그녀가 관장하던 곡식과 초목이 모두 말라 죽고 대지는 온통 황폐해진다.

제우스의 중재로 페르세포네는 다시 지상으로 돌아오게 되나 일 년 중 네 달은 하데스의 왕비로서 지하세계에 머물고, 나머지는 지상에서 어머니와 지내게 된다. 애지중지하는 딸 페르세포네가 지하세계에서 지상의 어머니 품으로 돌아올 때, 그 때가 곧 봄이다. 딸을 다시 품은 여신 데메테르는 기쁨에 넘쳐 황폐한 죽음의 땅에서 온갖 초목과 꽃들을 피워내는 것이다.

　　이렇듯 지하세계가 상징하는 죽음과 겨울, 생명의 번식과 생장을 상징하는 지상의 여름, 이 둘 사이의 연결고리는 페르세포네, 곧 '봄의 처녀'이다. 하데스의 아내이자 데메테르의 딸인 그녀는 죽음인 동시에 부활이며, 생명을 잉태한 죽음이고 봄으로 변신變身, metamorphosis 하는 겨울인 것이다.

　　반칠환 시인의 「봄」은 발상이 싱싱하다. 해묵은 소재인 봄을 재료로 해서 싱싱한 시로 요리해 내는 솜씨가 특급호텔 주방장감이다. "요리사"/ 조물주(그리스 신화에서는 데메테르), "냉동 재료"/ 겨울 초목, "꽝꽝 언 냉장고"/ 겨울의 언 땅, "김"/ 아지랑이 등의 대비가 무리없이 공감을 자아내며 무릎을 탁 치게 만든다.

　　1행의 "요리사"는 cook으로 쓰지 않고 "chef"로 썼다.

"chef"는 cook 중에서도 숙련된 전문기술이 있어야 하고 이를 위한 훈련과 경험을 쌓은 사람을 가리키는 말이다. 2행의 "재료"는 material보다 "ingredient"가 낫다. 앞의 것이 더 일반적이고 물리적인 재료를 지칭하는 데 비해 뒤의 것은 완제품, 이를테면 완성된 요리 등에 들어간 재료를 가리킨다. 3행의 "싹"을 위해서는 bud가 아닌 "sprout"를 썼다. 대개 bud가 꽃이나 나무의 싹을 가리키는 데 비해 "sprout"는 야채의 싹을 지칭하며 더 싱그러운 느낌이다.

봄이 지고 있다. 목련 흰 꽃도 지고, 바람이 불자 손톱 크기만 한 은행잎들이 나무 가득 초록 나비 떼처럼 팔랑거린다. 지금쯤 데메테르는 페르세포네의 손을 잡고 산야를 나비처럼 훨훨 날아다니겠다. 들풀의 꽃을 피우고 산 나무의 잎을 키우느라 하루해가 짧은 나날이겠다. 시방 봄은 그리스 신화가 불어넣은 상상력의 힘으로 여름으로의 변신을 준비 중이다.

—『영어로 읽는 한국의 좋은 시』

105

오리가 오리 마음을 넘어

함 민 복 시인

얼음호수가 찌엉 쩡 금간

손바닥을 펴보이자

수십 마리 오리들이 와글와글

엉터리 수상을 본다

걱정 말우

봄부터는 운수 풀리겠수

찌억 쩍 얼음에 달라붙는

제 물갈퀴 발금의 시린 소망이겠지

　　　―「호수의 손금」 전문

"흰 쌀밥에 파리 새끼들이 새카맣게 달라붙은 것 같
네." 버스를 타고 언덕길을 돌자 흰 눈 내린 저수지가
펼쳐졌다. 얼음낚시 하는 사람들과 썰매 타는 아이들이
바글바글 했고 이를 본 한 아주머니가 저것 좀 보라고
가리키자, 한 할머니가 곱지 않은 비유를 들었다. 세월

이 지난 후에야 할머니의 젊은 아들이 그 저수지에 빠져 죽었다는 이야기를 들었다.

오리가 어찌 오리 마음을 넘어 얼음호수의 수상을 볼 수 있겠는가. 조선후기 기철학자 혜강 최한기의 『기학』을 빌려, 사람도 그렇다고 오리를 위로해 주고 싶다.

'사람은 작은 두 눈동자와 방촌方寸(마음)의 영명함으로써 크고 작은 모든 것을 추측한다. 나의 기氣를 미루어 만유萬有(모든 존재)의 기를 헤아리고 나의 신神을 미루어 만유의 신을 헤아리고 나의 리理를 미루어 만유의 리를 헤아린다.'

—《한국일보》, '함민복의 시로 여는 아침', 2011. 01. 09

달나라의 장난

권 혁 웅 시인, 문학평론가, 한양여자대학 교수

> 달팽이 뿔은 팽이채다
>
> 깊은 밤 두 뿔로 달을 후려치는 달팽이
>
> 얼얼얼 저 순하디 순한 물렁한
>
> 달팽이한테 얻어맞고
>
> 달 돌아간다 月 月 月
>
> 때로 턱이 빠져 반 도막
>
> 달이 돌아간다 달달달
>
> 달과 팽이는
>
> 아무런 관련이 없다 우겨도 달팽이는
>
> 달, 팽이
>
> ─「달, 팽이」 전문

　김수영의 시 가운데 '달나라의 장난'이라는 게 있다. 팽이 돌리는 게 달나라의 장난 같다는 내용인데, 이 시를 보니 그게 무슨 말인지 알겠다. 달팽이는 "달"과 "팽이"의 결합이다. 제 몸의 뿔(실제로는 더듬이 끝에 달린 눈이다)로 제 집(팽이)을 후려치니, 달이 돌아간다. 처음에는 얻어맞아서 턱이 "얼얼"하고, 그 다음엔 만월이어서 "月 月 月" 돌더니, 반달이 되자 턱이 빠져서 위태롭게 "달달달" 돈다. 휘영청 밝은 달이 그냥 밝은 게 아니구나. 제 몸을 위태롭게 지탱하면서 팽팽 도는 것이구나. 김수영은 팽이가 "수천 년 전의 성인聖人"과 같다고 썼다. 제 몸을 쳐 끊임없이 복종시키는 신독愼獨의 주인공이니 그럴 수밖에. 앞으로 에스카르고(프랑스식 달팽이 요리) 먹을 때엔, 물끄러미 내려다보며 자문해 볼 일이다. 나는 얘처럼 최선을 다하며 살았던 걸까?

—《중앙일보》, '시가 있는 아침', 2011.06.03

서로 품어 주는 따뜻한 생명의 길

임 영 석 시인

겨울 양재천에 왜가리 한 마리
긴 외다리 담그고 서 있다

냇물이 다 얼면 왜가리 다리도
겨우내 갈대처럼 붙잡힐 것이다

어서 떠나라고 냇물이
말미를 주는 것이다

왜가리는 냇물이 다 얼지 말라고
밤새 외다리 담그고 서 있는 것이다
　　　　―「냇물이 얼지 않는 이유」전문

　눈과 귀가 다르고, 입과 코가 다르고, 손과 손등이 다르듯이 생각의 차이는 천차별이다. 하지만 궁극적으로

단 한 가지 삶을 지탱하는 중요한 가치를 갖고 있다는
것이다. 우리가 삶에서 무엇을 추구할 것인가?라는 것
은 반칠환 시인의 시 「냇물이 얼지 않는 이유」에서 상
징적으로 잘 말해 주고 있다. 우리들 말 중에는 반어법
이 있다. 왜가리는 물이 얼지 말라고, 물은 왜가리가 떠
나가라고 서로가 서로의 가슴을 품어 주고 있다. 우리
들 삶이란 이렇게 무엇인가 품어주고 받아내는 정이 가
슴에 있다라는 것이다. 사람이 흙에서 자라 열매 맺은
씨앗들을 먹고 살기 때문에 그 흙의 토양에서 분출되
는 삶의 에너지가 자생된 것 아닌가라는 생각을 할 때
가 있다. 우리들 생각 속에는 "냇물이 얼지 않는 이유"
를 만들어 내는 "물과 왜가리"처럼 서로를 응시하고 품
어주는 따뜻한 생명의 길이 놓여져 있다고 본다.

—『꽃이 져도 너를 잊은 적이 없다』

빙긋 웃음을 자아내는 시

고 종 석 소설가, 언론인

크게 신문에 날 일은 아니로되

산천초목도 벌벌 떨던 독재자로 하여금

제 뺨을 세 번 되우 치게 하고 죽었으니

아는 사람들은 그 의로운 血을 기려

蚊 烈士라 부른다

wing— wing—

그는 작지만 좌, 우의 날개를 지녔다고 전한다

—「문 열사」 전문

우리 문학사에서 모기가 글감으로 등장하는 것은 고려시대의 문인 이규보李奎報, 1168~1241에게까지 올라가는 일이니 별스럽다고 할 것은 없겠다. 다만 한 잡지로부터 청탁 받은 작품 세 편을 죄다 모기에게 바친 것을 보니 시인이 요즘 모기에 꽤 시달리나 보다. 그러나 시적 화자가 모기에 대해 미움만을 토로하고 있는 것은 아니다. '문 열사蚊烈士'를 보자. 모기가 어떻게 열사의 반열에 오르게 되었나?

「문 열사」는 빙긋 웃음을 자아내는 가벼운 시다. 열사라는 말을 희화화했다고 나무라는 엄숙한 독자는 없으리라. 넷째 행에서 모기의 피를 '피'라고 하지 않고 '血'이라고 한 것도 시인의 재치다. 독재자로 하여금 제 뺨을 세 번이나 후려치게 한 모기의 피는 의혈義血이다.

어둠 속에서 잠을 청하는 사람들을 '공포'에 젖게 하는 모기의 날개짓소리를 "wing-wing-"으로 표현한 것도 기발하다.

—《한국일보》, '고종석의 글과 책', 2002. 06. 25

상호 공존의 생명사상

반 경 환 문학평론가

노랑제비꽃 하나가 피기 위해

숲이 통째로 필요하다

우주가 통째로 필요하다

지구는 통째로 노랑제비꽃 화분이다

 —「노랑제비꽃」 전문

(중략)

왜, 반칠환 시인은 이 「노랑제비꽃」을 주목하고, "노랑제비꽃 하나가 피기 위해/ 숲이 통째로 필요하다/ 우주가 통째로 필요하다/ 지구는 통째로 제비꽃 화분이다"라고, 그처럼 잠언적이고 경구적으로 노래하게 되었단 말인가? 이 때에 노랑제비꽃은 노랑제비꽃만도 아닌데, 왜냐하면 노랑제비꽃은 모든 만물을 대표하는 상징의 언어이기 때문이다. 기호는 사물을 지시하고, 상징은 인간의 의식을 지시한다. 기호의 차원에서 노랑제비꽃은 단순한 노랑제비꽃에 지나지 않지만, 상징의 차원에서 노랑제비꽃은 모든 만물을 지시하고 있다고 해도 틀린 말이 아니다. "노랑제비꽃 하나가 피기 위해/ 숲이 통째로 필요하다/ 우주가 통째로 필요하다/ 지구는 통째로 노랑제비꽃 화분이다"라는 시구는, 따라서, 기호의 차원에서는 하나의 과장어법인데, 왜냐하면 이 숲과 우주와 지구에는 노랑제비꽃만이 살고 있는 것이 아니기 때문이다.

그러나 이 노랑제비꽃을 모든 만물을 대표하는 상징의 언어로 읽게 되면, "산다화 하나가 피기 위해/ 숲이 통째로 필요하다/ 우주가 통째로 필요하다/ 지구는 통째로 산다화 화분이다"라고 해도 전혀 무리가 없게 되고, 또한, "사슴 한 마리가 살기 위해/ 숲이 통째로 필요하다/ 우주가 통째로 필요하다/ 지구는 통째로 사슴 한 마리의 집이다"라고 해도 전혀 무리가 없게 된다. 이 때에, '통째로'라는 말은 모든 만물의 전부를 뜻하고, 또한, 그 말은 상호차별이 아닌, 상호공생과 상호공존을 가리키게 된다. 노랑제비꽃은 산다화가 되고, 산다화는 하늘매발톱이 된다. 하늘매발톱은 호랑가시나무가 되고,

호랑가시나무는 먼나무가 된다. 노랑제비꽃은 하늘을 나는 새가 되고, 하늘을 나는 새는 꽃사슴이 된다. 꽃사슴은 백상어가 되고, 백상어는 물뱀이 된다. 이처럼 노랑제비꽃은 그 '통째로'라는 말에 의해서 모든 사물들을 대표하는 상징의 언어가 된 것이며, 이 노랑제비꽃은 반칠환 시인의 생명사상이 취사선택한 식물에 지나지 않게 된다.

인간의 상상력은 상징의 언어를 만들어 내고, 상징의 언어는 우리 인간들의 최고급의 삶의 지혜를 드러내 준다. 상징은 신비이며, 신비의 해독이고, 우리 인간들의 아름답고 오묘한 삶의 진리를 드러내 준다. 상상력은 결핍 속에서 꽃 피어나고, 상징은 상상력에 의해서 꽃 피어난다.

반칠환 시인의 카리스마적인 어법, 또는 그 잠언적이고 경구적인 어법은 이 상징의 힘에 의해서 가능해지고 있는 것인지도 모른다.

— 반경환의 『명시감상 4』

116

치통을 잊게 한 시

유 용 선 시인

몰래 사과 한 알에

'핼리 혜성'이라고 써놓았다

올 가을, 지구는 저 혜성과 충돌할 것이다

'쿵' 하기 전에

까치들이 핼리 혜성을 다 파먹었다

어휴! 지구는 영문도 모른 채 안전하다

　　　―「비밀」전문

　수준 높은 말놀이는 "상상과 논리가 짝을 이룬 모습으로" 태어난다. 상상은 풍부하나 논리가 모자란 말은 난삽하기 그지없는 기어요설이기 쉽고, 논리는 정연하나 상상이 빈약한 말은 고집스럽고 메마른 잔소리가 된다. 위의 시「비밀」은 일단 재미가 있다. 거창하다 못해 통쾌하기까지 한 논리가 재미있고, 그 논리를 바탕으로 펼쳐지는 상상이 재미있고, 번뜩이는 익살이 재미있고, 그 논리와 상상을 장난감 삼아 혼자서 천진하게 노는 모습을 보는 그 자체가 재미있다. 이 시가 들어 있는 시집을 처음 읽고 있을 때 나는 치통을 앓고 있었는데, 덕분에 시를 읽어 내려가는 동안 내 목구멍에선 특이한 탄성의 조합이 튀어나와야만 했다. "큭, 큭, 아후, 흑, 큭, 낄낄, 아후……." 병원에 입원한 사람에게 선물하면 괜찮을 시집이다. 추천 사유 : 『웃음의 힘』에는 진통효과가 있더라구요. (서울 신월동, 독자 Y)

"알고 보니 나쁜 놈이 아니라서요"

박 선 미 아동문학가

넝쿨장미가 담을 넘고 있다

현행범이다

활짝 웃는다

아무도 잡을 생각 않고 따라 웃는다

왜 꽃의 월담은 죄가 아닌가?

　—「웃음의 힘」전문

초등학교 2학년 교실. 2학기 첫 단원이 '시'. 첫날부터 시작해서 날마다 두어 편씩 읽었더니 아이들이 시 열 편쯤 읽었다. 오늘 이 시가 눈에 띄었다. 알림장 다 쓰고도 밥 먹으러 식당 갈 시간이 안 됐다. 초등학교 2학년한테는 알맞지 않겠다 싶으면서도 반은 장난삼아 읽어 준다. 스크린에 크게 보여 주면서 묻는다.

"어려운 말이 있죠?"

"예."

"어디어디 있어요?"

"현행범, 월담, 넝쿨장미요."

먼저 말 풀이를 해 준 다음 한 번 더 읽고 마치려다가
혹시나 하고 물어본다.

"이 시인의 물음, 그러니까 마지막 물음에 답을 해 보
세요."

첫 번째 아이가 "예뻐서요."

두 번째 아이가 "웃어서요."

세 번째 아이가 "마지막 질문이 뭐지요?"

네 번째 아이가 "알고 보니 나쁜 놈이 아니라서요."

그 다음 아이가 "웃다가 잊어버려서요."

그 다음 아이가 "웃으니까 용서해 줬어요."

말 풀이 해 줄 때는 듣는 것 같지도 않더니 대답들은
정말… 음하하하— 2학기에는 이 아이들하고 산다!!

반칠환 시집
웃음의 힘

초 판 1쇄	2005년 9월 26일	
개정 1판 1쇄	2012년 12월 1일	
개정 2판 1쇄	2023년 3월 24일	
개정 2판 2쇄	2024년 12월 15일	
지 은 이	반칠환	
펴 낸 이	반송림	
편집디자인	반송림	
펴 낸 곳	도서출판 지혜	
기획위원	반경환 이형권	
주 소	34624 대전광역시 동구 태전로 57, 2층	
전 화	042-625-1140	
팩 스	042-627-1140	
전자우편	eji@ji-hye.com	
	ejisarang@hanmail.net	

ISBN	979-11-5728-501-3 02810
값	10,000원

반 칠 환

1964년 충북 청주에서 태어나 청남초등학교와 중앙대학교 문예창작학과를 졸업했다. 1992년 《동아일보》 신춘문예 시 부문으로 등단했으며, 2002년에 서라벌 문학상, 2004년 자랑스런 청남인상을 수상했다. 시집으로 『뜰채로 죽은 별을 건지는 사랑』 『웃음의 힘』 『전쟁광 보호구역』, 시선집으로 『누나야』 『새해 첫기적』, 사화집으로 『일편단시 일편단심』, 시 해설집으로 『내게 가장 가까운 신, 당신』 『꽃술 지렛대』 『뉘도 모를 한때』, 인터뷰집으로 『책, 세상을 훔치다』 등이 있다. 2003년부터 《동아일보》 '이 아침에 만나는 시'를 비롯, 현재 《서울경제신문》 '수요일에 만나는 시'에 이르기까지 20여 년째 명시 배달부로 활동하고 있다. 이 시집의 시 「노랑제비꽃」이 중학교 교과서에 수록되었고, 「새해 첫기적」이 2012년 '광화문 겨울 글판 문안(교보빌딩)'에 선정되었다. 현재는 시와 산문을 쓰며, 생태 숲해설가로 활동하고 있다.

이메일 van7-7@hanmail.net